KB071012

청어詩人選 396

스프링 카운티의 봄

김성순 제8시집

도서출판 청어

스프링 카운티의 봄

김성순 제8시집

시인의 말

석양빛 그림자가 길어질수록
오늘 하루의 의미를 깊이 들여다보게 된다.
생각하며 걷다가 쉬고
또 걸으면서 생각하며
일상에서 꿈을 찾으려 애쓴다.
시는 구름 위에 떠 있는 것도 아니고
우리 사는 게 모두 시다. 그리고
시를 좋아하는 모든 사람은 시인이다.
세월이 갈수록 사소한 일상들이 알뜰해지고
하루하루 감사하며
생활 속 작은 것에서 시를 만나
밤을 뒤척이며 한데 묶어
여덟 번째 시집을 낸다.
늘 그렇지만 써 놓고 보니 또 아쉽다.
그래서 자꾸 쓰게 되나 보다.
더 생각하며 알뜰해져야겠다.

김성순

차례

제2장 스프링 카운티의 봄

제3장 뒤돌아보며 걷는 길

제4장 땅과 하늘 사이

제1장

가는 세월
오는 세월

세상에 존재하는 것 모두
의미가 있는데
검은 세상
하얗게 살다가
하얀 의미 하나
그려놓고 가는
눈사람

새해에는

계묘(癸卯) 새해에는 토끼처럼
큰 귀를 갖고 싶다
말하는 것보다 듣는 것이 소중하여
푸른 초장 물 오르는 소리
별빛 흐르는 우주의 소리
도시의 산비둘기 우는 사연
낮은 창가 작은 소리에 귀 기울이고 싶다

새해에는 둥근 눈 더 크게
멀리 높이
가슴으로 세상 읽으며
비교의 고통 벗고
구하는 것보다 가진 것에 감사하며
창조된 대로 나를 살고 싶다

나의 재주 뽐내려 하지 않고
거북이와 부질없는 경주 하려 하지 말고
느린 걸음 긴 시간 배우며
함께 오르고 싶다

새해에는 하늘의 소리에 큰 귀 세워
내 영혼의 평안과
땅의 평화를
토끼처럼 두 손 모아
기도하며 살고 싶다

오는 세월

가는 세월도 있고
오는 세월도 있는데 왜들
가는 세월이 아쉽고
뒤돌아보고
노래하고
후회하고
지난 세월에 묻혀
살고 있을까, 모두
꿈보다 추억을 이야기한다
모임에 나가도
옛이야기만 하고 돌아온다

지난 일은 지날수록 아름답지만
인생은 매일 다시 시작하는 것
100세 시대
70에 은퇴해도 남은 30년
긴긴 세월을
뒤만 보며 살 건가
깨달음 곁으로 지나간 숱한 날들
해는 매일 다시 뜨고
세월은 가는 것이 아니고 오는 것

귀 기울여
오는 세월을 꿈꾸며
소중한 오늘을 살고 싶다

빨셈으로

덧셈으로 피곤한 세상
하루하루
빨셈으로 살아간다
겸손해서 낮아지고
낮아져서 겸손하며
손해 보며 즐겁고
양보해서 얻음을
빨셈에서 배운다

아침마다 마음속
우상의 성전을
하나씩 헐어버리고
머리에서도
가슴에서도
빨셈으로 사는 게
상실이 아님을 확인하며
좁은 길을
넓은 가슴 펴
웃으며 걷는다

고향길

땅은
과거의 고향
하늘은
미래의 고향
평생
고향에서
고향으로
걸어가고 있다

왕년에

왕년의 지팡이 짚고
왕년의 창살에 갇혀
왕년에 취해 비틀대며
왕년으로 살다가
왕년으로 스러지는 사람들

100세 시대
산은 높고
갈 길은 아직 먼데
왕년을 짊어지고
뒤만 보고 걸어가는
그 사람

향기

솔잎은
바람을 빗질하여
솔향을 만들고
국화는
가을하늘을 빗질하여
국향을 만들고
매화는
북풍을 빗질하여
매향을 만든다

나는 나를 빗어
무슨 향기를 만들까
내게서
사람의 향기가
나게 해 달라고
기도하며
산다

노을 1

새들이 둥지를 찾고
꽃들이 눈을 감으면
하늘은 노을로
서편 하늘 가득
꿈을 그린다

아기를 잠재우는
어머니 가슴처럼
하늘은 세상을
평안으로
덮어주고 싶다

노을은 내가 그려온
긴 그림자를 사랑하며
노을 너머를 꿈꾸라는
하늘의 언어다

노을 2

노을에 비친
살아온 세월만큼 긴
나의 그림자
오늘도 노을을
성서처럼 읽으며
노을 속 나의 의미를 찾는다

지금까지 살아온 것 감사하고
세월 속 아쉬움
지친 미련
생각 하나씩 빼 버리고
매일 하루만큼씩
익어가게 해달라고
노을빛으로 기도한다

페르소나 가면 벗어 버리고
노을 앞에 서면
지금까지 둘이던 내가
하나로 보인다
벌거벗은 내가 보인다

시간표

노을이 알뜰해지는 시간
벽에 시간표 붙여놓고
세월을 꼬옥 잡고
날짜가 아닌
시간을 세며 산다

시간은 흘러가는 게 아니고
쌓여 가는 것
의미 없는 시간은 흐르고
가슴속 깊은 시간은 쌓아가며 산다
하늘은 낭비할 만큼의 시간은 주지 않는다

노후는 여생이 아닌 과정이기에
관대하지만 낭비하지 않고
알뜰하지만 인색하지 않으며
여유와 낭만을 시간표 속에서 만나고
하루의 의미를 시간에서 찾는다

늙어 갈수록 소중한 시간들
두 눈 치켜뜬 시간표가
나를 일으켜 세워
날마다 오늘을
음미하며 살라 한다

그리움

그리움은
한 줄기 바람이다
잡고 싶어도 잡을 수 없고
잊으려 하면 다시 찾아와
잠깐 머무는 바람이다

그리움은
한 폭의 그림이다
마음의 창에 걸어 놓고
볼 수는 있어도
가질 수는 없는
그리워할수록 아름다워지는
한 장의 수채화다

그리움은 소유하는 게 아니라
바라보는 것이다
불러보는 것이다
그리워하는 사람은
가슴에 별을 담고 산다

민들레 1

후미진 길가
벼랑길 바위틈
홀로 앉아
노란 꿈 꼭 쥐고
부딪치며 사는 민들레
하늘에 귀대고 웃으며 산다

꿈 때문에 행복한 너
그런데
앉아서 세상 헤쳐가는 힘은
어디서 나오는 걸까
나는 지금 가던 길 멈추고
민들레의 꿈을 배우고 있다

민들레 2

보도블록 비집고
고개 불쑥
세상에 시달리며
기어코
꽃을 피우는
외로운 인내

노오란 꿈 쥐고
비바람 이겨
허공으로 부서져
다시 살아나는 집념
운명을 긍정하며
온몸으로 사는
민들레 철학

나무처럼

나무는 모여 살아도
제자리 지켜 잘도 산다
비가 오나 눈이 오나
흔들리며 긍정하는
인내하는 예술로 산다

사람은 모여 살아도 싸우고
떨어져 살아도 싸운다
탐욕이라는 흉기를 휘두르며
자고 나면 싸운다
하늘이 근심하고 땅이 말려도
싸우고 또 싸운다

나무가 철 따라 옷 갈아입고
바람과 함께 무도회를 열어
달래주고 빌어도
제 목숨 살리는 나무 베어내고
앞다퉈 탐욕을 심는다

사람들은 더 늦기 전에
나무에게서 사는 법을
배워야 한다

진달래 1

연분홍 고운 입술
골짜기엔 아직 잔설이 누워있고
쫓겨가는 겨울바람 찬데
올해는 마스크도 벗으니
진달래 얼굴이
저리도 예쁘다

봄을 데리고 골짜기 넘어
겨울을 밀어내는 힘
밤에 이불도 없이 별과 잠을 자며
그토록 인내하는 힘은
어디서 나오는 걸까
아름다움에는 힘을 이기는
힘이 있다

진달래 2

산자락 깊숙이 발 뻗고
두 눈 치켜뜬
별장 같은 집
넓은 마당 가득 채운
진달래
산에 핀 진달래는
춤추며 노래하는데
감옥에 갇힌 진달래는
아우성이다
그런데
그 많은 진달래가
저 집 주변에서는
보이질 않네
저 집 진달래는 모두
어디서 온 걸까
별장에 사는 놀부는 진달래를
너무너무
사랑하나 보다

눈사람 1

환호 소리 사라지고
길모퉁이에 하얗게 외로운
눈사람
들녘의 허수아비도
옷은 입었는데
벌거벗은 몸
너무 춥겠다

세상에 존재하는 것 모두
의미가 있는데
검은 세상
하얗게 살다가
하얀 의미 하나
그려놓고 가는
눈사람

눈사람 2

나는 겨울에만 사는
눈사람이요
사람은 흙으로 만들어
하나님이 좋아하셨고
나는 눈으로 만들어
사람들이 좋아했소
때가 되면 새 생명을 위해
사람은 흙으로
나는 물로 돌아가야 하기에
검은 땅 뒹굴어도 이 몸
하얗게 지켜 살고 있소

나의 모습이 사람이기에
당신들만이 가진 영혼을 무척
부러워했소만
요즘 뉴스를 보니
겉과 속이 다른
영혼이 없는 사람들이
너무 많구려
그냥 눈사람으로
살기로 했소

이사 가는 날 1

산더미 같은 잡동사니들
이것도 아깝고 저것도 아쉽고
매일 버리는 연습 하며 살았는데도 그동안
머리로만 버렸나 보다
머리부터 발끝까지
천근만근 무겁다

이삿짐이 된 미련들
흩어진 삶의 조각들
버려야 할 것 움켜쥐면서
일용할 양식 기도하며 살아온 게
부끄러운 날
이사는 옮기는 게 아니라 변화하는 것
이삿짐 싸며 겨우
투명한 날갯짓
몸으로 배우는 지혜

이사 가는 날 2

이삿짐 다 실어 놓고
이별이 아쉬워 다시 들여다본
텅 빈 방
휑하게 외면당한
세월만큼 쌓인 먼지가
나의 체취로 서성이는데
방바닥 깊이 누워 박제된
침대 발자국
시간 밖에서 나의 안식위해
평생을 버티며 살아 온
너의 굳은살
함께 갈 수 없는 흔적들과의 이별
티끌 같은 고마움 하나 떨구고
뒤돌아보며 떠나는
이사 가는 날

이사 가는 날 3

늘 얕잡아보고
국물에 시간을 말아
번개처럼 먹어 치우던
우동국수
허둥지둥 우동처럼
살아온 날들

용인으로 이사 오던 날
이삿짐 풀어놓고
조붓한 식탁에
아내와 마주 앉아
우동가락만큼 긴 식사기도로
쫄깃한 황혼의 삶을
느리게 살자며
옛날 쫓기면서 먹던
우동국수를 가슴 펴고
길게 먹었다

이사 가는 날 4

숨찬 신발 벗어놓고
천국으로 이사 가는 날은
소망하나 빼놓곤
숨 쉬는 일까지
모두 내려놓고 가리
땅에서의 마지막 숨이
하늘에서의 첫 숨이 되어 달라고 기도하며
수의 하나 달랑 입고
가난한 심령
가뿐하게
그동안 살아온 것 감사하고
지구라는 아름다운 별
아슴하게 손짓하며
떠나야 할 나의
마지막 이사가 되리

제2장

스프링 카운티의 봄

수많은 사연이 공명하는 공간
꼭 들어줄 것만 같은 하늘에
귀 높여 여백을 채우는 시간
자작나무 밑에 서 있는 나는
외롭지가 않다

나목

아무도 찾지 않는
후미진 비탈길
창백한 햇살 부서지는
가파른 계곡
하루 한 줌 햇볕으로
겨울을 끌어안고
안으로 물을 자아올리는
가는 숨소리

봄은 아직 먼데
북풍을 가슴에 안고
검은 눈 지그시
초록빛 꿈꾸며
인고의 세월을 기다린다

겨울산은 나목이
맨몸으로 지킨다

목련

하얀 드레스
환한 미소
황홀한 춤으로 온다
달빛 흔들어
순간 위해
온몸으로
봄을 밀어 올려
찬란하게 부서져
처절하게 아름다운 넋으로
땅에 눕는다

봄이 오는 데에는 다
이유가 있다
목련꽃 바라보며
아름다움의 힘을
음미한다

매화

밤새 내린 눈 헤쳐
하얀 미소
작은 손으로
봄을 움켜쥐고 왔다
매화는 봄이어서 피는 게 아니라
매화가 피어서 봄이 오는구나

매화는
기다리는 가슴에 먼저 온다
하얀 드레스 입고
겨울을 밀어내고
눈처럼 피었다가
소망 하나 매달아 놓고
눈처럼 진다

그런데
지구를 밀어내는 힘은 어디서 오나
주저앉고 싶을 때가 많은 나이에
매화가 필 때면
나를 일으켜주는
지구의
움직이는 소리가 들린다

벤치 1

시간이 하품하는 오후
외로움이 부딪치는 숲속 벤치는
흩어졌던 시간들이 모이는
사랑방이다

구붓한 허리 사슴처럼 기대며
오순도순
세상살이 묵은 때
허리춤에서 꺼낸 이야기들
동그란 웃음소리로
꽃을 피운다

이팝나무도 귀 기울여
세월을 멈춰
여름을 듣고 싶은데
사랑방 너머 골짜기엔 벌써
가을이 손짓하고
노을 진 벤치엔
여름이 빠져나가는 소리

벤치 2

겨울만큼 긴 벤치
간밤에 내린 폭설로
하얀 이불 덮고
이야기들이 길게
꿈을 꾸고 있다
초록빛 꿈
가을의 추억
수많은 생각들이 겨울로
하얗게 누워있다

땅속에선 이미
겨울을 밀어내는 소리가 들리는데
새봄엔 무슨 노래로
꽃을 피울까
입춘을 베고 누운
겨울 벤치는 벌써
가슴이 설렌다

벤치 3

햇볕이 놀다 간
가을 벤치
수많은 생각들이
앉았다가 간 자리에
낙엽 하나 시 한 구절로
누워있다

누군가 찾아올 것 같은 오후
아슴한 추억
나의 시간 속으로 들어가
국화 한 송이 피워내
기다리고 있는데
벌써 숲 건너 노을이
긴 그림자로
걸어오고 있다

가을빛 벤치에는 늘
많은 이야기들이 공명하며
누군가를
기다리고 있다

해바라기

해바라기밭에
해님처럼 웃는 아기
아기가 해님이고
해님이 해바라기다
사진 찍는 엄마도 웃고
할머니도 아기 따라 웃고
지나가던 나도 웃는다

땅이 웃으니 빙긋이
하늘도 웃는다

자작나무

하얀 여백을 들고
기다림으로 서 있다
의미 없는 하루가 아까울 땐
텅 빈 가슴 데리고
자작나무 숲으로 간다

하얀 도화지에
두고 온 이야기
그리운 얼굴
가끔은 나의 영혼도 그려 넣고
지나온 발자국의 의미를 뒤적인다

수많은 사연이 공명하는 공간
꼭 들어줄 것만 같은 하늘에
귀 높여 여백을 채우는 시간
자작나무 밑에 서 있는 나는
외롭지가 않다

코스모스

산마루엔 벌써
가을이 영그는데
목이 긴 코스모스는
올해도 하루 종일
가는 허리
온몸 흔들어
누군가를 기다리고 있다

코스모스 필 때
수채화 한 장 남겨놓고
고개 숙여 떠난 사람
까마아득한 추억
끝내 잊을 수 없어 저리도
가을을 흔들어
애타게 부르고 있다

노을빛으로 물드는
그리움 한 자락
고추잠자리 긴 그림자 베고 잠드는데
기다려도
기다려도
오지 않는 사람
코스모스는 평생을
기다리며 산다

고라니

창문 앞에 엎드린
멱조산 자락
찬 이슬 헤쳐
울타리 따라 기웃대던
고라니 한 마리
어미는 어디 두고
홀로 망설이다가
눈물 한 방울 떨구어 놓고
멀리 가 버렸다

험한 세상 선하게 태어나
서러운 고라니
달려드는 아파트
사람을 원망하며
어디로 갔을까
갈 수 있을까
자꾸 생각 나는
슬픈 고라니

사람도 고라니처럼
지구에서 쫓겨날 날 다가오는데
그날 밤
고라니와 내가 숲에서
함께 울고 있는
꿈을 꾸었다

스프링 카운티의 봄

하늘 높이 솟아 해가 먼저 뜨는 곳
겨울에도 가슴마다 봄이 숨 쉬고 꽃이 피는 곳
스프링 카운티에는 늘
봄이 살고 있다

팔도강산 낯선 사람들이 오순도순
두고 온 이야기 고향 자랑
가슴마다 여백을 담고
추억을 나누며
봄을 심어 가는 곳

산과 도시가 손잡고 강 강 수월래
하늘을 우러러 가을을 감사하고
아픈 겨울 이겨
봄을 부르는 곳
주말이면 손주들이 회랑길을 뛰며
제비처럼 봄을 데리고 오는 이곳은
작은 천국이다

인생은 매일 다시 시작하고
익어가는 것이 아름다운 보금자리
이 세상 사는 날까지 안식할
스프링 카운티에는 늘
꽃을 피우는
봄의 설렘이 살고 있다

회랑길

우리 아파트 회랑길은
우리나라 명소다
울긋불긋 사연들이 손잡고 다정한
개미처럼 행복을 퍼 나르는
축복의 통로다

여름에는 꽃길
가을에는 단풍길
호기심 실은 크루즈 유람선이 항구를 기웃대고
선녀와 나무꾼이 사랑한 무지개 구름다리 따라
봄이 오고
가을이 간다

망백(望百)의 인생이 기대며 가는 길
보행기가 할아버지 팔짱 끼고 걷는 길
세월에 도전하고 싶은 젊은 할머니의 패션 길
발걸음엔 노을빛 소망을 새긴다
길목마다 세상 이야기 쉬어가는 벤치엔
밑줄 쳤던 추억들이 잠들고
회랑길은 지나온 인생만큼 길다

도시와 자연이 만나는 길
땅과 하늘이 손잡은 길
천국의 궁전으로 가는 순례길을
나는 오늘도 휘파람으로
기도하며 걷는다

스승 김병조

빼앗는 세상을 주면서 산다
부처님 미소에 자비를 담고
예서처럼 단아한 발걸음으로
세상을 관조한다, 때로는
한여름에 찬 바람이 불기도 하는 선비의
훈장 카리스마

평생을 붓과 살면서
정관(靜觀)의 힘
보석 같은 독창적 서체로
서도(書道)의 새 경지를 개척한 선구자
쌓아온 '재능'을 모두 주고 가고 싶다는
비움과 나눔의 철학이
황혼의 향기로 피어난다

돌아앉은 세월 일으켜 세워
노년에 별 꿈을 꾸는
노을빛 등 굽은 학동들은
오늘도 삶의 매듭 풀어 놓고
스승의 비움의 운필에 묵연하다
재능과 함께 그의 높은 뜻을
내 삶의 묵시록으로
간직하고 싶다

곡선으로

아파트 공원길을 꼬불꼬불 걸으면
틀림없이 식물원이다
철 따라 웃는 얼굴
곡선으로 환한 교실이다
직선은 세상을 외면하며
앞만 보고 늘 바쁜데
곡선은 여백으로
둘러보며 산다

꽃은 곡선으로 피고
새들은 곡선으로 노래한다
강물은 곡선으로 어루만져주고
눈은 곡선으로 쌓여 덮어준다
사랑은 늘
곡선으로 아름답다

앞만 보고 직선으로 달려온 길
꼬불꼬불 공원길을 걸으면
비켜온 시간들이 달려와
함께 생각하며 걷자고 손을 잡는다
나는 아파트 공원에서
곡선으로 사는 방법을 배우고 있다

묵향

우리 서예실에는 묵향이
옛 이야기하며 살고 있다
묵향 속에 옛 성현을 만나고
묵향으로 공자는 인(仁)을 가르치며
맹자는 의(義)를 논한다
옛날에 쓰던 회초리도 아직
묵향으로 걸려 있고
가끔씩 이태백이
술병 들고 찾아오기도 한다

묵향으로 배우는 사랑방은
산음현 왕희지(王羲之) 연못처럼
묵향에 젖어 산다
허리 굽은 초롱한 눈빛들이
천년의 향기를 좇으며 세월을 낚는데
유리창 너머 멈추는 시선들
묵향에는 사람을 유혹하는
DNA가 있나 보다

열려있는 사랑방엔 묵향이
세월을 되돌려 세워
생각하며 살고 있다

맛이 있는 이유

오미(伍味)가 다른 이들이
단풍처럼 모여
'싱겁다'
'짜다'
'맵다'
그런데 나는 왜
식당 밥이 늘
맛이 있을까

아하
'맛있게 드세요'
'고맙습니다'
반찬이 두 개 더 있으니까
감사하면 식당이
천국을 닮아간다

구내방송

'생활지원 센터에서
알려 드립니다'
소리 타고
내 집 안에 들어온
따뜻한 손길
고등학교 다니는
손녀 같은 목소리에
나는 이미
지원을 받고 있어
외롭지가 않다

알뜰살뜰
손을 내미는
효자손 같은 사람들
내가 골프공 쫓아 누비던
밧데리차 타고
온종일
도움을 찾아다니는 사람들
나는 점점
구내방송의
친구가 되어가고 있다

나 홀로 공연

악기 연습실은 나 홀로 공연장이다
주말마다 공연을 한다
내가 연주자이고 관객이다
티켓도 매회 한 장뿐 불티난다
레퍼토리는 색소폰 흘러간 이야기
한결같다, 그래도
하품하는 사람 없다

색소폰으로 고향에도 가고
친구도 만나고 너스레도 떤다
이태백은 술과 달에 취해 살지만
나는 색소폰 가락에 주말을 산다
가끔 하늘에 올라 별과 얘기도 나눈다
색소폰으로 기도할 땐 하늘의 별들이 모두
귀를 기울이는 게
감동이다

무대에서는 세월을 늘이기도 하고
멈춰 세우기도 한다
색소폰은 나와 꿈도 꾸고
티끌 같은 철학으로
토론도 한다
깊숙한 공연장에서 나는
나를 사랑하는 방법을 배우며
행복을 흔들어 깨운다

계단길

뒷산 계단 길은 천천히
생각하며 오르는 길이다
내가 왜 여기까지 숨 가쁘게 달려왔는지
어디로 가는지
쉬엄쉬엄 뒤돌아보고
하늘 향해 가슴 한번 펴보고
콧노래 흥얼대며
거친 호흡 달래어 넘는
사색의 고갯길이다

나는 가파른 이 길을 시와 함께 오른다
시가 나를 끌어주고
생각이 등을 밀어준다
가끔 두보도 만나고
김삿갓과 나란히 앉아
흘러가는 구름을 불러도 본다
고갯마루에 오르면 벤치엔 이미
먼저 올라온 시들이 앉아 있다
시는 나그네를 만나면 행복하다

땀을 먹고 사는 계단 길은
발걸음마다 기다리는 지혜와
다시 일어서는 용기를 주는
나의 사부다

산책길 1

산책길 맨발 구간
원시가 그리운 맨발들이
도시에 찌든 가슴 활짝
태고를 걸으며
흙에서 태어난
원형으로 즐겁다

그런데 오늘도
어제처럼
누가 이렇게 비탈길을
안마당처럼
쓸어 놓았을까
오늘도
고마운 손길 생각하며
원시에서 퇴화한
하얀 발바닥
행여 다칠세라
조심조심 걷는다

산책길 2

산책길 오르막
자투리 꽃밭
초록빛 동산에
수국, 동자꽃, 인동초, 영산홍이
손잡고 아기자기한데
신앙처럼 엎드려
자식으로 키우는 저 할머니
땀에 젖은 맑은 영혼
한 사람의 고운 손길로
스프링 카운티의 사계는 아름답다

꽃보다 아름다운 주름진 얼굴
오를 때마다
'수고하십니다, 고맙습니다'
더욱 신명나는 작은 손
무더위에 지친 오후를 일으켜주는
고마운 손
할머니의 땀을 먹고 자라는 자투리 꽃밭은
늘 행복하다

용인 경전철

승무원도 없고
친구도 없이
온종일 다리도 아플 텐데
내색도 없이
조그만 몸뚱이 흔들며
휘파람으로 달린다

비가 오나 눈이 오나
상냥한 얼굴
사랑 품은 어미 닭처럼
조심조심
콧노래로 걷는다

높이 솟은 하늘길
도시와 자연이
파노라마로 손짓하는 길
출근길에 새 힘을
퇴근길에 평안을
마을마다 행복을 실어 나르는
고마운 용인 경전철
줄서기로 올라서는
발걸음마다
힘이 솟는다

그림 그릴 때

그림 그릴 때 가끔씩
내가 그림을 그리지 않고
그림이 나를 그릴 때가 있다
내가 그림 속으로 들어가
온통 망쳐놓는다
강물에도 빠지고
독수리 발톱에도 채이고
난향에 취해 춤도 추고
대나무 숲에 들어가
쑥대밭을 만들기도 한다

푹 빠지는 게 행복이라는 것도
어느 날
문인화라는 선비가
귀띔해 주어 알았다

산비둘기

생각이 오르는 산행길
피눈물로 울던 산비둘기 한 마리
상수리나무 가지 끝에
슬픔 하나 걸어 놓고 어디론가 멀리
날아갔다

산보다 높아지고 싶은 아파트 성벽
눈 치켜뜨고 탐욕의 발톱 세워
산허리 파고드는 포클레인 함성
아픈 허리 움켜쥔 산의 신음소리가
산비둘기로 더욱 슬프다

불행을 만들며 뛰어가는 사람들
이제 산은 숨 쉴 데가 없는데
산비둘기는 울며
어디로 갔을까
갈 수 있을까

오늘따라
구름이 낮은데
배낭에 근심이 가득
산행길이 무겁다

나팔꽃

담 너머
세상이
너무
궁금해
아침에
나팔로
세상을
부르다가
저녁에
세상을
꿈꾸며
눈을
감는다

밤에 쓰는 시

밤에 쓴 시
아침에 지워버리고
밤이 되면 다시 찾는다
눈 뜨면 머리는 세상일로
먹통이 되고
매일 다시 쓰는 하루살이 시
밤에 써서 아침에 감동하고 싶어
뒤척이는 수많은 날들
어느 날, 밤이
검은 눈 껌벅이며 하는 말
'시 쓰는 일보다
시처럼 사는 게 중요해, 그럼
잘 쓸 수 있어'

아, 무리한 청구서

제3장

뒤돌아보며
걷는 길

매일 끼리끼리 바벨탑을 쌓아가며
스스로 쓰러지고 싶은 말의 홍수
늙으면 이방인으로
섬처럼 살아야 할
불통의 시대다

겨울 나그네

긴 겨울
봄은 먼데
가난한 노래 부르며
혼자 걸어가는 당신은
등이 외로운
겨울 나그네
나도 외로운
겨울 나그네
무거운 두 어깨로
함께 걷고 싶다
둘이 걸으면
봄이
빨리 올지도
모르니까

제비

어릴 적
봄을 물고 와
빨랫줄에 앉아
봄을 노래하던 제비
언제부터인가 노래가
울음으로 바뀌더니
강남으로 돌아간 후
봄이 가고 여름이 가고
또 가도
소식이 없다

서까래도 없고 추녀 끝도 없는
도시의 잿빛 하늘
두 눈 부릅뜬
놀부들의 삿대질
도시의 제비는 슬프다
너도나도 기다리는 마음
강남제비는 옛 보금자리 찾아
언제쯤 다시
돌아올 수 있을까

거울

거울 앞에 앉아
나를 찾는다
나의 얼굴
나의 옷매무새
옆모습 뒷모습
그런데 나를 사랑한
내가 안 보인다

가쁜 숨으로 달려온 길
곡선의 여유로
나를 찾고 싶은 시간
고목처럼
늙는 것이 아름다운
거울 속 내 영혼은
어떤 모습일까 매일
나를 찾으며 산다

불통의 시대

디지털 시대
날로 늘어나는 낯선 언어들
아무리 귀를 세워도 알 수 없는
매일 쏟아지는 신조어들
세종대왕이 깜짝 놀랄 암호 같은 말들에
어릴 적 배우던 말들이
쫓겨가며 울고 있다
매일 끼리끼리 바벨탑을 쌓아가며
스스로 쓰러지고 싶은 말의 홍수
늙으면 이방인으로
섬처럼 살아야 할
불통의 시대다

좋은 말 하며 살아도 짧은 인생
말의 품격이 사치가 돼버린 세상
TV를 켜면 온통 지옥이다
거친 소리로 흐려지는 하늘
이따금씩
세상의 소리 잠재우는 하늘의 소리
천둥 번개 소낙비의 의미를
사람들은 귀 있으면
새겨들어야 한다

이태원 길

내가 자란 이태원 길
서울에서 돌아앉은 외딴길
소달구지 매달리고 신났던 길
자동차 한 대 지나가면 앞이 안 보이던 먼지길
6·25 때 뽐내던 인민군 탱크
숨죽여 지켜보던 골목길
미군 트럭 쫓아가며 껌 달라고 외치던 길
구슬치기 숨바꼭질하며 뛰던 골목길, 그리고
골목에서 제일 큰
두부 공장 하던 친구네 집

세월이 골목을 흐르면서
그 집이 호텔로 변하고
그 길 땅속에 지하철이 달리고
골목에 불이 켜지면서
유행이 몰려와 춤추고
만국기가 물결치는 골목
파란 눈의 젊은이들이 비행기 타고 달려와
케이 팝에 환호하고
구불구불 골목길이 명소가 되었지

세월이 삼킨 이태원 길
어릴 적 살던 집은 흔적마저 지워지고
추억만 아스라한 골목길
코로나로 눌린 가슴
활짝 펴 보고 싶었던 젊은 영혼들이
어처구니없이 스러져간
한 맺힌 그 길을 오늘
잿빛 하늘 쳐다보며 걸었다

네 탓이오

광화문에서 외쳐대는
저 함성
네 탓이오
여의도에 앉아서
우겨대는
저 고집
네 탓이오
TV를 켜면 온종일
네 탓이오
SNS가 밤낮으로
하늘을 뒤덮고
네 탓이오
내 탓은
눈을 씻고 찾아봐도 없다

김수한 추기경이
천국에서
한탄하는 소리가 들린다

그 사람들

평생을 서로
미워하고 싸우고
속이고 모함하고
소송하며 원수로 지내더니
공동묘지에 나란히
똑같은 잔디 덮고
평화로이 누워있는
그 사람들 지금
땅속에서
무슨 생각 하고 있을까

별

어릴 적 평상에 누워
별 하나 따서
나란히
별 꿈을 꾸었지

세월 지나 이젠
별이 나보고
올라와서 꿈꾸자고
손짓하고 있네
별은 늙지도 않더군

달 생각 1

강아지 짖는 소리에
잠이 깬 달님
달빛 타고 내려와
머리 한번
쓰다듬고
올라가더니
꼬리치는
강아지 보고
환하게
웃는다

달 생각 2

달이 울고 있다
날로 교만해지는 문명
과학의 오만
시도 때도 없이 쏘아대는 불덩이
지구를 망쳐놓더니 이제
달을 괴롭히는 인간들
떡방아 찧던 토끼는 이미 쫓겨가고
이태백도 술타령하다가 봉변당했다
지구의 행패에 밤잠 설치는 달님
그래서 요즘
달빛이 흐리다

옛날에는
사람이 날 보고 빌었는데
지금은
달이 지구 보고 하소연 한다
달에 관광 가겠다고 큰소리치고
우주군 만들어 싸우잔다
과학으로 지구나 잘 보존하면 좋으련만
하늘 무서운 줄 모르는
지구의 하루살이들

이미 달 주변에는
하이에나들이 으르렁대고 있다

지구의 종말이 없다면
하늘의 별이란 별 다 떨어지겠다
하늘은 참고 싶은데

달 생각 3

달빛이
살며시
창문으로 들어와
달님 소식을
귀띔한다

달님은 지금도
일편단심인데
지구가
변심했다는
원망이다

전처럼
사이좋게
전설로 지내면
좋으련만

안 찍으면

정치인들 하나같이
거짓말하고 믿을 수 없고
잡아떼고 뻔뻔스럽고
우쭐대는 위선자여서
이번 선거에서 안 찍겠다는
나의 친구
눈을 씻고 봐도 찍을 사람 없어
결단코 투표할 수 없다는
옹고집

안 찍으면 이 나라 정치
누가 하나
정치인 미워 외국 사람 불러들여
여의도에 보낼 수도 없고
투표는 방법이 아니고 지혜인데
눈 크게 떠
잘 뽑아놓고 잘 가꿔야지
답답한 정치
답답한 친구

트로트 유감

초·중학생 어린 나이에도
트로트 노래 잘하면
수십억 수백억도 버는 세상
나라가 온통 트로트 열병이다
이게 정상이고
문화인가

마구 쏟아내는 막말 가사들
아이는 아이의 노래를 부르고
어른은 어른 노래 불러야 노래다운 것
세상사는 다 때가 있고
순리가 있는데
묘목을 하루아침에
거목으로 만들겠다며
계산기 두드리고
갈 데까지 가는 방송사들
색소폰 불고 노래 좋아하는 나도
트로트에 어린아이 나오면 TV 끄고
아이들 걱정한다

과정을 생략하고 싶은 사람들
아이들 가슴을
풍선으로 채우고 있는 어른들
쇠락하는 왕국엔 다 이유가 있었다
이게 한 늙은이의
괜한 나라 걱정일까
제발 그랬으면 좋겠다

견공(犬公)

개 조심해야 한다
개가 아니고 반려견이라고 해야 한다
견공이면 더 좋고
옛날엔 개떡, 개소리, 개판, 개새끼
악명높은 접두사를 개가 차지했지만
지금은 결코 아니다
자칫하면 개권 침해에 걸릴 수 있다
안방 주인 침대에 무시로 드나들고
아프면 보약 먹고 수술하고
철 따라 지겨운 새 옷 입고 미장원에 가고
개도 패션이다
비행기 타고 여행하며 호강한다

개의 암울한 시대 지나고
바야흐로 개의 시대
개가 집을 지키는 게 아니라
집이 개를 지킨다
개는 꼬리만 치면 된다
개 공원, 개 카페, 개 호텔
매일 사우나 하고
죽으면 장례식장 가고

사람이 개 잘못 건드리면 징역 가는
개 팔자의 대반전
아주 좋은 개 세상이다
이 세상엔 개 흉내 내는 사람 많고
개만도 못한 사람이 수두룩하다

어느 날 조심 조심
'그래서 넌 행복하니?' 물으니
견공이 하는 말씀 '나는 개이고 싶다'
역시 창조된 대로 살고 싶다는 얘기

제4장

땅과 하늘 사이

수도승처럼 살면서
언제 한번 만나자고 약속만 하다가
흑백사진 한 장 걸어 놓고 훌쩍 가버린
연꽃 같은 나의
속 깊은 친구

살다 보니

소나기처럼 살아온 날들
세상 꿈 때문에 피곤했던 길
꽃길도 가시밭길도
에덴동산에서 짊어지고 나온 고통도
의미를 알고 보면
축복이더라

잠시 쉬어가는 길
가을이 되면 가을빛으로
상실의 방법을 배우며
의미 없는 옷들
하나씩 벗어 버리고
하늘의 시간에 나를 맞춰
새로운 열정으로
세상 지혜가 아닌
믿음으로 살아야 함을
이제야 알겠더라

할 수 있어

어렸을 적 어머니 말씀
'넌 할 수 있어'
젊은 시절 외로운 다짐
'난 할 수 있어'
늙어서 들려오는
'하나님은 할 수 있어'
이제 겨우 깨우치는
순종의 의미

등산화 추억

나만큼 늙은 등산화
오늘따라 수척한 모습
너와 함께 누볐던 수많은 산
긴긴 산행길
뒤돌아보며 이제
헤어져야 할 시간

젊은 날 외로움 달래며
거친 호흡으로 오르던 추억
백두에서 한라로 흘린 땀과 땀
헤밍웨이의 이상향 좇던
킬리만자로의 설봉
눈보라 속 뚫고 환호하던
장엄한 히말라야의 감격
그때 '신의 영역'에 들어가지 말라는
너의 말
듣기를 참 잘했어

생사고락을 함께한
인생만큼 긴 동행
이제 추억으로 간직해야 할 순간
몸은 늙어도
생각은 늙지 말라는 너의 말
명심하며 살아갈게

이정표

겨울만큼 깊은 산
마루턱 갈림길에
나만큼 늙은 이정표
세찬 바람 눈비 속을
지친 몸 두 팔 벌려
긴 세월
요령을 거부하고
너의 자리 지켜
운명으로 서 있구나

세월이 무거워 한쪽 팔 기울인 채
만날 때마다
산속 깊은 이야기 그리고
나는 너의 길을 갈 수 없지만
지친 몸 일으켜
등을 밀어주는 너
너에게 감사하며 걷는 발걸음엔 늘
새 힘이 솟는다

하산길

등산길은 나를 만나고
감동하고 싶은 길이다
하산길은 철학 하나 꺼내 들고
생각하는 길이다
근심, 걱정, 욕심
다 내려놓고 휘파람으로
가벼워지는 길이다

산을 내려오는 것은
세상 잡동사니 하나씩 빼 버리며
행복으로 채우는 연습이다
배낭에 행복을 넣으면
세상이 가벼워진다

산에 오를 때마다
하산길을 더 생각하고
가슴 활짝 열어 하늘을 쳐다보면
산도 아름답고 나도
여백으로 아름다워진다

친구

속이 깊어 고요한 친구
하고 싶은 말 속으로 삼키며
속으로 사는 친구
낙엽 뒹굴던 소슬한 어느 날
앉았던 자리 둘둘 말아
순간에 점 하나 찍어 놓고
바람 속으로 떠나간 나의 친구

한평생 자기 세상 속에서
부처님 눈 뜨고
수도승처럼 살면서
언제 한번 만나자고 약속만 하다가
흑백사진 한 장 걸어 놓고 훌쩍 가버린
연꽃 같은 나의
속 깊은 친구

평안한 이유

예전엔
나의 뜻을
들어달라고
기도했는데

지금은
하나님의 뜻을
들려달라고
기도한다

땅과 하늘 사이

어릴 적 나에게
땅을 가르쳐주신
흙을 닮은
아버지

하늘을 가르쳐 주신
천사 닮은
어머니

늘
발로 땅을 딛고
머리는
하늘을 향하고 있음을
가슴에 새기며 산다

제한속도

학고 앞길
제한속도 30
어제 또 일어난 사고 지점을 지나는데
뒤에 오는 토끼들의 독촉으로
고령 운전
거북이 등줄기에 땀이 난다
그래도 나는
외로운 투사처럼
끝내 거북이다

제한속도에 매달리면 민폐가 되는 세상
너도나도 떠밀려
비명으로 달린다
세월은 그대로이고
잠시만 멈추면 세상이 보이는데
상자 속의 시간을 허둥대며
뛰어가는 사람들
느리게 가는 게
바쁜 세상 살아가는 지혜이거늘
길도 인생도
과속으로 재앙이다

백발

세월에서 떨어져 방바닥에 누운
당신의 하얀 머리카락
올올이 묻어있는 주름진 기억들
어려웠던 시절
걱정을 베고 누워 삶을 뒤척이던
작은 꿈들
젖먹이 등에 업고 오르던
달동네 추억
세월의 강을 건너며 물결에 씻기고
백발이 되도록 저어 온 시간의 강은
저만큼 흘러가는데

텅 빈 둥지
백발은 소망의 면류관이기를 기도하는
여기 우리 삶이 머무는 자리
평안의 노을빛만으로도 행복한
서쪽 창문엔 벌써
저녁별이 눈을 비비고 있는데
천국 문 바라보며 우린
무슨 꿈을 그릴까

손주들 오는 날

아이들이 어렸을 적엔
술래잡기, 타잔 놀이,
공중곡예에 할아버지 어깨가
초토화됐었는데
중학생 되고, 고등학생 되니
밀물로 현관문 들이닥쳐
기도 끝나면 곧장
안방에 밀고 들어가 시종
핸드폰만 연구하다가
방 안 가득
정적만 깔아놓고
썰물처럼 간다

세월이 숨 쉬는 고요한 방에
훌쩍 큰 아이들이 내려놓고 간
고요를 보노라면
가슴은 바다가 되고
산이 된다

홀로서기 연습

요즘 아내는 나에게
홀로서기 연습을 시킨다
밥 짓고 세탁하고
설거지하고 청소하고
은행 일도 시킨다
나는 청소 빼놓곤 잘하는 게 없다
집 전화도 몽땅 아내가 받는다
장도 보지만 결정권은 없고
운전만 한다
음식은 먹는 일만 하고
배워도 돌아서면 금방 잊는다
아내 따라 하는 척할 때가 많다
진짜로 배울라치면
눈물이 조금 난다
홀로서기는 내겐 재앙이다
그래서 철석같이
믿는 구석이 있다
아내가 나보다 오래 살면 된다
그 구석을 위해
열심히 기도한다

김치맛

우리 집 김치맛은
남들의 눈총을 받더라도
한 번쯤 자랑하고 싶은
하늘 아래 명품이다
겉절이는 겉절이대로
김장은 김장대로 오직
맛깔로 승부한다
아내의 손맛이 사랑으로 빚은
우리 집 김치는 시나브로
나이테로 깊어지는
맛의 예술이다
빌고 빌어서라도
하늘나라에 이것만큼은 꼭
갖고 가고 싶은
우리 집 김치맛

교회 가는 길

이사하고 나니 멀어진 교회길
주눅 들고 눈치 보이는 고령 운전
망설이다가
투사 같은 용기로 핸들을 잡는다

거북이 운전
정체 구간엔 여유 있어 좋고
터널에선 햇빛을 기다리니 좋고
고가도로는 하늘 가까워 좋고
양보 운전은 넉넉해서 좋고
제한속도는 교과서 읽는 재미다
나에게는 내비게이션이 두 개 더 있다
아내의 잔소리 그리고
내 인생길을 안내하는
성경 말씀

신나게 고속도로를 달려
서하남 돌아서면 숲속 우뚝
손 흔들어 주는 교회 종탑
교회 가는 길엔
운전도 예배다

육개장 생각

예배 시간 끝날 때쯤
은은하게 유혹하는
우리 교회 육개장은
국, 밥, 김치, 초간단 메뉴에
손맛이 예술이다

만든이들의 정성과 구슬땀이 빚은
사랑의 육개장
예부터 백성들 일으켜 세웠던 구수한 국물
먹을수록 솟아나는 진 맛
하늘의 천사들도 이런 맛은 못 낼걸
말씀과 공조하는 일용할 양식에
오후의 행복이 느긋하다

천국에 가서도 점심때면 생각 날
우리 교회 일품 식단
육, 개, 장

기적

아침에 일어나 창문을 열면
오늘도 높은 하늘, 햇빛, 바람
저녁에는 달과 별까지
매일 하늘로
오장육부를 헹궈내며
기적을 숨 쉬며
살고 있다

수많은 별 중 지구의 자리 지켜
철 따라 꽃 피우고
일용할 양식으로 지켜주시니
하늘에 감사하면
하루하루가
기적과 행운이다
기적은
기적을 모르는 사람에게는
일상이고
기적을 아는 사람에게는
기적이다

스프링 카운티의 봄

김성순 지음

발행처 도서출판 청어
발행인 이영철
영업 이동호
홍보 천성래
기획 남기환
편집 방세화
디자인 이수빈 | 김영은
제작이사 공병한
인쇄 두리터

등록 1999년 5월 3일
(제321-3210000251001999000063호)

1판 1쇄 발행 2023년 6월 20일

주소 서울특별시 서초구 남부순환로 364길 8-15 동일빌딩 2층
대표전화 02-586-0477
팩시밀리 0303-0942-0478
홈페이지 www.chungeobook.com
E-mail ppi20@hanmail.net

ISBN 979-11-6855-157-2(03810)

본 시집의 구성 및 맞춤법, 띄어쓰기는 작가의 의도에 따랐습니다.